Am yr Awdur

Magwyd Anthony Horowitz ar straeon arswyd ac y mae'n dal i ymddiddori mewn pethau sinistr a brawychus. Pethau a digwyddiadau cyffredin bywyd bob dydd sydd wedi ysbrydoli'r straeon yn y llyfr hwn. Mae hyn yn wir am y rhan fwyaf o'r straeon yng ngweddill y gyfres. Ond y mae tro yng nghynffon pob un o'r straeon i'n hatgoffa y gall unrhyw beth ddigwydd, hyd yn oed mewn lle diogel. Dyw pethau erchyll, annisgwyl, brawychus ac iasol byth yn bell i ffwrdd.

Mae Anthony Horowitz yn awdur llwyddiannus nifer o lyfrau sydd wedi gwerthu'n dda, gan gynnwys straeon ditectif, straeon antur a straeon am ysbïwyr. Mae'r rhain wedi'u cyfieithu i dros ddwsin o ieithoedd. Mae e hefyd yn sgriptiwr teledu adnabyddus. Y mae'n un o sgriptwyr *Poirot*, *Midsomer Murders* a *Foyle's War*. Mae Anthony'n byw yn nwyrain Llundain.

'Nofelydd plant o'r radd flaenaf'
– TIMES EDUCATIONAL SUPPLEMENT

'Perffaith i ddarllenwyr sy'n hoff o ddigwyddiadau rhyfedd'
– SCHOOL LIBRARIAN ASSOCIATION

'Annisgwyl a chyffrous'
– BOOKS FOR KEEPS

BWTHYN
TRO

I Patrick Jepher.
Y dyn siarpaf yn Llundain.

BWTHYN TRO
ISBN 978-1-904357-19-3

Rily Publications Ltd
Blwch Post 20
Hengoed
CF82 7YR

Cyhoeddwyd am y tro cyntaf gan Orchard Books yn 2000

Cyhoeddwyd yn wreiddiol yn Saesneg fel *Twist Cottage*
Twist Cottage Copyright © Anthony Horowitz 1999

Addasiad gan Tudur Dylan Jones
Hawlfraint yr addasiad © Rily Publications Ltd 2010

Mae Anthony Horowitz wedi datgan ei hawl dan
Ddeddf Hawlfraint, Dyluniadau a Phatentau 1988
i gael ei gydnabod fel awdur y llyfr hwn.

Cedwir pob hawl.

Noddwyd gan Lywodraeth Cynulliad Cymru

Cysodwyd gan Wasg Dinefwr, Llandybïe, Sir Gaerfyrddin

www.rily.co.uk

Argraffwyd a rhwymwyd yn y Deyrnas Unedig
gan CPI Cox & Wyman Ltd, Reading, Berkshire.

A N T H O N Y
HOROWITZ
ADDASIAD TUDUR DYLAN JONES

BWTHYN
TRO

RILY

Cynnwys

bwthyn
TRO

Wnes i erioed adnabod Mam.

Cafodd hi ei lladd mewn damwain car flwyddyn ar ôl i fi gael fy ngeni, a chefais fy magu ar fy mhen fy hun, gan Dad. Doedd gen i ddim brodyr na chwiorydd. Dim ond y ddau ohonon ni oedd, yn byw mewn tŷ yng Nghaerdydd. Roedd fy nhad yn gweithio fel darlithydd hanes ym Mhrifysgol Caerdydd, ac am ddeng mlynedd roedd pobl yn byw gyda ni, yn edrych ar fy ôl i ac yn cadw'r tŷ. Ond erbyn i mi gyrraedd tair ar ddeg oed, a mynd i ysgol leol, doedd dim angen help arnon ni, felly dim ond y ddau ohonon ni oedd wedyn. Ac roedden ni'n hapus.

Enw fy nhad yw Andrew Taylor. Doedd o byth yn siarad am Mam, ond mae'n rhaid ei fod o'n ei charu hi'n fawr achos wnaeth o ddim ailbriodi, ac (er nad ydi o'n hoffi mod i'n gwybod) roedd o'n cadw llun ohoni yn ei waled a byth yn mynd i unman hebddo. Dyn mawr, blewog, yn gwisgo sbectol, oedd o. Roedd ei wallt brown blêr newydd ddechrau britho. Roedd ei ddillad wastad yn edrych yn hen, hyd yn oed pan oedden nhw'n newydd, a doedden nhw byth yn ei ffitio'n dda. Pedwar-deg pump oedd o. Roedd o'n mynd i'r sinema'n aml, yn gwrando ar gerddoriaeth glasurol, ac, fel fi, yn cefnogi Arsenal.

Roedd y ddau ohonon ni wastad yn cyd-dynnu'n dda efo'n gilydd, efallai achos fod gan y ddau ohonon ni le i ni ein hunain. Dim ond tŷ bach oedd ganddon ni yng Nghaerdydd – yn un o'r strydoedd cefn y tu ôl i'r brifysgol – ond roedd stafell yr un i'r ddau ohonon ni. Stydi fach ar y llawr gwaelod oedd gan Dad, a phan o'n i'n ddeg oed, roedd o wedi addasu'r atig ar fy nghyfer i. Doedd dim llawer o le yno, yn enwedig gan fod y to ar oleddf, a dim ond un ffenest, ond roedd yn hollol iawn i fi; rhywle preifat i fi fynd iddo. Ychydig iawn a welai'r ddau ohonon ni o'n gilydd yn ystod yr wythnos. Roedd o yn y brifysgol a fi yn yr ysgol. Ond ar y penwythnosau, roedden ni'n mynd i weld ffilmiau efo'n gilydd, siopa, edrych ar y teledu neu gicio pêl... y pethau y mae tad fel arfer yn eu gwneud efo'i fab. Ond fod yna ddim mam i rannu'r profiad.

Roedden ni'n hapus. Ond newidiodd popeth pan gyrhaeddodd Louise. Mae'n siŵr fod yn rhaid i'r peth ddigwydd yn y pen draw. Er bod Dad yn ganol oed, roedd dal yn ffit ac yn weddol olygus. Roeddwn i'n gwybod ei fod o'n mynd allan efo menywod weithiau. Ond hyd nes i Louise gyrraedd, doedd yr un ohonyn nhw wedi aros.

Roedd hi ychydig flynyddoedd yn iau na fo, myfyrwraig aeddfed ym Mhrifysgol Caerdydd. Celf oedd ei phwnc hi, ond iddi ddewis cymryd hanes fel pwnc atodol, a dyna sut y cwrddon nhw. Y tro cyntaf i fi'i chyfarfod hi, daeth hi i'r tŷ i nôl llyfr, ac mae'n rhaid dweud mod i'n gweld beth oedd Dad wedi'i weld ynddi hi. Roedd hi'n ddynes hardd, yn dal a siapus, ei gwallt yn dywyll a thamaid bach o acen Ffrengig (roedd ei mam yn byw ym Mharis). Gwisgai'n smart mewn ffrog sidan a oedd yn dangos siâp ei chorff yn berffaith. Un peth oedd yn rhyfedd oedd nad oedd ganddi lawer o ddiddordeb mewn celf na hanes, er ei bod yn eu hastudio nhw yn y brifysgol. Pan soniai Dad am oriel yr oedd wedi ymweld â hi, byddai hi'n dylyfu gên (er ei bod yn ddigon clyfar i guddio'r weithred y tu ôl i hances), a phan ofynnai Dad iddi am ei gwaith, newidiai gyfeiriad y sgwrs yn ddigon cyflym.

Er hyn, arhosodd i de, a mynnu golchi'r llestri. Ddywedodd Dad ddim byd ar ôl iddi fynd, ond gallwn i ddweud ei fod o wedi gwirioni arni. Arhosodd yn y drws am amser hir, yn edrych arni'n mynd.

Dechreuais weld mwy a mwy o Louise. Yn sydyn, roedd tri ohonon ni'n mynd i'r sinema, yn lle dau. Tri ohonon ni'n cael cinio gyda'n gilydd ar ben-wythnosau. Ac yn anorfod, roedd hi yno un bore pan ddes i lawr i gael brecwast. Roeddwn i'n ddigon hen i beidio â cael sioc ei bod hi wedi aros y noson – ond roedd o'n dal yn sioc. Roeddwn i'n hapus dros Dad, ond yn dawel bach yn drist drosof fi fy hun. Ac... am ryw reswm, roedd rhywbeth amdani a oedd yn 'y mhoeni i.

Dim ond unwaith y siaradodd Dad a fi amdani. 'Dwed wrtha i, Ben,' meddai Dad un diwrnod. Allan yn cerdded ar hyd llwybr y gamlas a oedd yn gwau trwy'r dyffryn oedden ni, llwybr yr oedd y ddau ohonon ni'n hoffi'i gerdded yn fawr. 'Beth wyt ti'n ei feddwl o Louise?'

'Dw i ddim yn gwybod,' atebais i. Mewn ffordd, roedd hi'n berffaith ond efallai mai dyna beth oedd yn 'y mhoeni i. Roedd hi bron â bod yn *rhy* berffaith.

'Does neb wedi bod ers i dy fam di farw, ti'n gwybod,' meddai. Arhosodd, ac edrych i fyny i'r awyr. Roedd hi'n ddiwrnod hyfryd, a'r haul yn disgleirio'n llachar. 'Ond weithiau dw i'n meddwl a ddylwn i fod ar 'y mhen fy hun. Wedi'r cyfan, ti bron yn bedair ar ddeg. Fyddi di'n gadael cartre'n fuan. Beth fyddet ti'n ddweud pe byddai Louise a fi'n...'

Torrais ar ei draws. 'Dad, dw i ond isio i chi fod yn hapus.' Roedd y sgwrs yn 'y ngwneud i'n anghyfforddus. Be arall allwn i ei ddweud?

'Iawn.' Gwenodd arna i. 'Diolch, Ben. Ti'n fachgen da. Byddai dy fam wedi bod mor falch ohonot ti...'

Ac felly priodon nhw yn y Swyddfa Gofrestru. Fi oedd y gwas priodas, ac roedd gofyn i mi wneud araith adeg y cinio. Clymais faw ci plastig i'r car a thaflu conffeti atyn nhw wrth iddyn nhw yrru i ffwrdd. Cafodd y ddau fis mêl yn Majorca, a dylai hynny fod wedi bod yn ddigon o rybudd i fi achos roedd Dad wedi dweud wrtha i ei fod o wir eisiau ymweld â threfi hanesyddol de Ffrainc. Ond Louise gafodd ei ffordd ei hun, ac mae'n rhaid eu bod nhw wedi cael amser da achos pan gyrhaeddon nhw 'nôl roedden nhw'n hapus, wedi ymlacio'n llwyr, a lliw haul braf gan y ddau. A phentwr o anrhegion i fi.

Roedd y briodas yn un hapus am wn i. Am dri mis. Ond aeth popeth o chwith yn fuan wedi hynny.

Er ei bod hi wedi cytuno i ddod efo ni i ymweld ag Oriel y Tate yn Llundain, rhoddodd Louise y gorau i'w chwrs celf yn sydyn. Roedd yn ei diflasu hi, meddai, a beth bynnag, roedd hi eisiau treulio mwy o amser yn edrych ar ôl Dad. Roedd yn swnio'n iawn ar y pryd, ac efallai ei bod hi'n golygu pob gair. Ond roedd y tŷ'n mynd yn fwy blêr bob dydd. Mae'n wir nad Dad a fi oedd y bobl fwya taclus yn y byd. Roedd Mrs Jones, yr hen lanhawraig, bob amser yn cwyno amdanon ni. Ond doedden ni byth yn gadael cwpanau budr yn y stafell wely, gwallt yn y sinc na phentwr o ddillad anniben ar y grisiau. Roedd Louise yn gwneud y pethau hyn i gyd, a phan gwynodd Mrs

Jones un bore Mawrth, roedd yna andros o ffrae, ac ymddiswyddodd Mrs Jones yn syth. Wnaeth Louise ddim coginio dim wedi hynny. Unrhyw fwyd yr oedd hi'n ei baratoi, roedd fel petai'n dod o dun neu o'r rhewgell. Achos bod Dad yn rhoi pwyslais mawr ar fwyta'n iach, roedd prydau bwyd wastad braidd yn siomedig.

Wrth gwrs, doedd Dad na fi ddim wedi disgwyl i Louise goginio a glanhau i ni. Nid dyna oedd y syniad. Ond roedd Dad yn siomedig ei bod hi wedi penderfynu rhoi'r gorau i'r cwrs yn y brifysgol. Y drafferth oedd nad oedd hi fel petai hi eisiau bod yn rhan o'r teulu, a phen draw unrhyw ddadl – hyd yn oed yr anghytuno lleiaf – oedd ei bod hi'n colli'i thymer yn llwyr, yn cau'r drysau'n glep ac yn beichio crïo. Mae'n rhaid ei bod hi wedi cael ei difetha'n llwyr yn blentyn. Yn fuan wedi iddi symud i mewn, mynnodd fod Dad yn gadael iddi gael fy stafell i yn yr atig achos ei bod hi eisiau cael rhywle i beintio. Roedd Dad yn gyndyn o ofyn i fi symud, ond symud wnes i achos mod i'n gwybod y byddai gwrthod yn arwain at ffrae arall, a doeddwn i ddim eisiau iddo fo fod yn anhapus. Felly dyna sut y collais i fy stafell.

Er hynny, roedd Dad *yn* anhapus, ac fel yr âi'r flwyddyn gyntaf yn ei blaen yn ddigon herciog, gallwn weld ei fod yn mynd yn waeth ac yn waeth. Collodd bwysau. Diflannodd yr holl liw brown o'i wallt. Doedd o byth yn chwerthin rŵan. Dywedodd Louise wrtho fod ei ddillad yn hen-ffasiwn, ac yn gwneud iddo edrych yn ganol oed, ac un diwrnod, rhoddodd hi'r cyfan i siop elusen. Rŵan roedd Dad wedi dechrau gwisgo jîns a chrysau-t, a doedden nhw ddim yn ei siwtio gan eu bod yn gwneud iddo edrych yn hŷn nag o'r blaen. Doedd dim hawl ganddo i chwarae cerdd-oriaeth glasurol rŵan chwaith. Jazz oedd hoff gerddoriaeth Louise a, bron bob dydd, llanwyd y tŷ gan sŵn trwmpedi a chlarinetau, y cwbl yn ymladd â sŵn cyson y teledu nad oedd hi byth yn ei ddiffodd. Er iddi ddod ag ychydig o ganfasau a phaent i'r stafell yn yr atig, wnaeth hi erioed gyn-hyrchu unrhyw beth.

Doedd Dad byth yn cwyno amdani. Mae'n siŵr fod hynny'n rhan o'i gymeriad. Pe byddwn i wedi bod yn briod â hi, mae'n siŵr y byddwn i wedi'i gadael hi erbyn hyn, ond roedd Dad fel petai'n derbyn popeth yn ddigwestiwn. Ond un prynhawn, tua diwedd yr haf, â'r ddau ohonon ni'n cerdded ar hyd llwybr y gamlas unwaith eto, mae'n siŵr ein bod ni'n cofio 'nôl i'r sgwrs gawson ni flwyddyn ynghynt. Trodd Dad ata i, a dweud yn sydyn, 'Mae arna i ofn nad ydi Louise yn fam dda iawn i ti.'

Do'n i ddim yn gwybod beth i'w ddweud.

'Efallai y byddai'n well pe byddwn i wedi aros yn sengl.' Ochneidiodd a thawelodd. 'Mae Louise wedi gofyn i fi werthu'r tŷ,' meddai'n yn gyflym.

'Pam?'

'Mae'n dweud ei fod o'n dwll. A dydy hi ddim yn hoffi byw yn y ddinas. Mae hi eisiau i fi symud i gefn gwlad.'

'Chi ddim yn mynd i symud, ydych chi, Dad?'

'Dw i ddim yn gwybod. Dw i am feddwl am y peth.'

Roedd o'n swnio mor drist. A dylai'r peth fod mor amlwg iddo. Doedd y briodas ddim yn gweithio, felly pam na fydden nhw'n cael ysgariad? Bu bron i fi ddweud hynny, ond mae'n dda 'mod i wedi cadw'n dawel. Achos daeth pethau i uchafbwynt y noson honno, a sylweddolais i pa mor wenwynig oedd Louise mewn gwirionedd.

Roedd y ddau ohonyn nhw'n ffraeo'n aml. O leiaf, roedd Louise yn gwneud. Un oedd yn hoffi dioddef yn dawel oedd Dad. Ond y noson honno, cyrhaeddodd mantolen banc Dad. Mae'n debyg fod Louise wedi prynu pentwr o ddillad drud ymhlith pethau eraill. Gwariodd hi bron i fil o bunnoedd. Waeddodd o ddim, ond fe wnaeth o roi'i farn yn eithaf clir. Ac yn sydyn roedd hi'n gweiddi arno fo. Fe glywais bopeth o fy stafell. Roedd hi'n amhosib peidio.

'Ti ddim yn 'y ngharu i. Dw i'n gwybod,' llefodd mewn llais gwichlyd. 'Rwyt ti a Ben wedi bod yn fy erbyn i ers y diwrnod cyntaf.'

'Dw i wir ddim yn meddwl fod pethau'n mynd yn iawn,' dywedodd Dad yn dawel.

'Ti isio i fi fynd? Wyt ti? Ti isio ysgariad?'

'Efallai y bydden ni'n dau'n hapusach...'

'O, na, Andrew. Os wyt ti isio ysgariad, mae'n mynd i gostio i ti. Dw i isio hanner o bopeth sy' gen ti. Ac mae gen i hawl arno fo. Bydd raid i ti symud allan o'r tŷ 'ma i ddechrau. Bydda i'n dweud wrth y gweithwyr cymdeithasol sut wyt ti wastad yn gadael Ben ar ei ben ei hun pan mae'n cyrraedd adre o'r ysgol. Mae hynny yn erbyn y gyfraith. Felly byddan nhw'n ei gymryd o ffwrdd, a fyddi di byth yn ei weld o eto.'

'Louise...'

'Bydda i'n dweud wrth y brifysgol sut wyt ti wedi bod mor greulon tuag ata i. Mi ddweda i dy fod di wedi bod yn fy nghuro i, a byddi di'n colli dy swydd. Bydda i'n cymryd dy arian di i gyd, dy fab di, popeth! Gei di weld!'

'Plîs, Louise... oes angen hyn?'

Tawelodd pethau wedyn. Gwyddai Louise ei bod hi'n troi Dad o amgylch ei bys bach, a phob diwrnod roedd hi'n meddwl am ffordd newydd o fod yn greulon tuag ato. Dw i'n meddwl mai'r unig reswm y gofynnodd hi iddo symud oedd er mwyn ei ddiflasu o. Roedd hi'n gwybod pa mor hapus y buon ni yn y tŷ bach hwnnw.

Hi gafodd ei ffordd, fel bob tro. Dri mis wedi'r ffrae fawr, dywedodd Dad ei fod wedi dod o hyd i rywle. Tŷ o'r enw 'Bwthyn Tro' oedd y rhywle bach hwnnw.

Os oedd Louise eisiau symud i gefn gwlad, allai hi ddim fod wedi dewis lle gwell na Bwthyn Tro, er nad hi'n hollol oedd wedi'i ddewis o. Dad ddaeth o hyd iddo. Daeth adre un bore gyda'r manylion,

ac i ffwrdd â ni i'w weld y prynhawn hwnnw.
Swatiai Bwthyn Tro ynghanol coedwig, heb fod
ymhell o'r bont ddŵr ble mae'r gamlas a'r afon
yn croesi. Mae'n lle rhyfedd. Mae yna bentrefi
bychain fan hyn a fan draw, ond ewch ychydig
lathenni i'r goedwig, ac mae hi fel petaech chi
ynghanol unman. Doedd unlle mor anghysbell â
Bwthyn Tro. Roedd fel petai'r coed o'i amgylch yn
ei garcharu, fel petaen nhw'n ofni bod rhywun am
ddod o hyd i'r lle. Ac eto roedd yn adeilad hardd
iawn. Yn union fel llun ar focs jig-so, gyda tho
gwellt, trawstiau duon a ffenestri efo cwareli gwydr
siâp diemwnt. Roedd y bwthyn gymaint ar dro ag
yr oedd ei enw'n awgrymu. Yn ôl Dad, roedd y
lle'n hen iawn, efallai'n dyddio 'nôl i oes Elisabeth
y Cyntaf neu ynghynt, ac roedd amser wedi
plygu'r holl linellau syth a oedd iddo. Roedd yno
ardd fawr, a'r borfa'n hir yn barod.

'Bydd angen peiriant torri gwair,' meddai Louise.

'Bydd,' cytunodd Dad.

'A ddim fi fydd yn ei dorri o!'

Dw i ddim yn gwybod rhyw lawer am brisiau tai,
ond mae'r ardal hon yn lle drud iawn, yn bennaf
oherwydd yr holl bobl o Lundain sydd wedi prynu

tai haf yma. Ond y peth rhyfedd yw nad oedd
Bwthyn Tro ond wedi costio can mil o bunnoedd i
Dad, sydd ddim yn llawer o bell ffordd. Ddim y
ffordd hyn. Croesodd y peth fy meddwl ar y pryd.
Sylwais hefyd fod yr asiant tai – Mr Mathias – yn
hapus iawn ei fod wedi gwerthu'r bwthyn. Roedd
ganddo swyddfa yng Nghaerdydd, a rhoddodd
ddiwrnod o wyliau i'w weithwyr yn syth ar ôl iddo
werthu'r lle.

Fel y digwyddodd, un o fy ffrindiau gorau yn yr
ysgol oedd bachgen o'r enw John Graham, a'i
chwaer hynaf, sef Carol, oedd ysgrifenyddes Mr
Mathias. Roeddwn i yn eu tŷ nhw wythnos ar ôl i'r
tŷ gael ei werthu, a Carol ddywedodd wrtha' i am
y diwrnod o wyliau. Mewn gwirionedd dywedodd
hi lawer mwy wrtha' i.

'Chi ddim wir yn mynd i symud i mewn i Fwthyn
Tro ydych chi?' gofynnodd. Pedair ar bymtheg
oedd hi, gyda gwallt tonnog a sbectol. Roedd ei
thrwyn yn troi i fyny ychydig, a oedd yn adlewyrchu
ei hagwedd hi at fywyd. 'Druan ohonoch chi!'

'Am be ti'n siarad?' gofynnais.

'Doedd Mr Mathias ddim yn meddwl y bydden
ni byth yn gwerthu'r lle.'

'Oes rhywbeth yn bod ar y lle?'

'Allet ti ddweud hynny.' Roedd Carol wedi bod yn peintio'i hewinedd yn goch llachar. Caeodd y botel a daeth draw ata i. 'Mae bwgan yno,' dywedodd.

'Bwgan?'

'Yn ôl Mr Mathias, dyna'r lle mwya' hunllefus mae o erioed wedi'i weld.'

Chwarddodd John a fi yn uchel.

'Mae'n wir!'

'Wyt ti'n credu mewn ysbrydion?' gofynnodd John i'w chwaer.

'Dw i ddim yn credu mewn ysbrydion,' dywedais i.

'Wel, mae rhywbeth yn bod efo'r tŷ yna,' mynnodd Carol. 'Pam arall wyt ti'n meddwl fod dy dad wedi'i gael o mor rhad?'

Fyddai hi ddim fel arfer wedi ffwdanu siarad efo ni, ond roedd angen iddi hi wneud rhywbeth i aros i'w hewinedd hi sychu, felly dyna sut y ces i'r holl hanes diweddar am y lle. A doedd o ddim yn neis iawn.

Dros y blynyddoedd diwethaf, roedd chwe phâr gwahanol wedi symud i mewn i'r lle, ac roedd rhywbeth erchyll wedi digwydd i bob un ohonyn nhw. Dynes o'r enw Mrs Webster oedd y cyntaf.

'Boddodd hi yn y bath,' dywedodd Carol. 'Doedd neb yn gwybod sut ddigwyddodd o. Doedd hi ddim yn hen na dim byd fel 'na. Pan ddaethon nhw o hyd iddi, roedd ei thu mewn hi wedi chwyddo i gyd!' Dyna oedd y tro cyntaf i Mr Mathias werthu'r tŷ. Cafodd ei brynu gan yr ail bâr, Mr a Mrs Johnson o Lundain. Dim ond pedair wythnos yn ddiweddarach, roedd un ohonyn nhw wedi disgyn allan o'r ffenest, a glanio ar ben pigyn yn ffens yr ardd.

Dr Stainer gafodd hi nesa. Gwyddai Carol yr enwau i gyd. Machludai'r haul gan greu cysgodion yn y stafell fyw, ac roedd Carol wrth ei bodd yn dweud y stori. 'Teilsen yn disgyn oddi ar y to oedd hi y tro 'ma,' meddai. 'Torrodd benglog Dr Stainer a bu farw'n syth.

'Wedyn roedd y tŷ'n wag am tua chwe mis. Roedd pobl wedi dechrau siarad. Yr holl farwolaethau 'ma. Ond wedyn, gwerthodd Mr Mathias y tŷ eto. Dw i ddim yn cofio pwy brynodd o'r tro yma, ond dw i yn gwybod fod pwy bynnag brynodd o wedi cael trawiad ar y galon o fewn pythefnos, ac roedd yn rhaid gwerthu'r tŷ am y pumed tro.

'Yr Athro Bell brynodd o. Dim ond mis barodd yr Athro cyn disgyn lawr y grisiau.'

'Wedi marw?' gofynnodd John.

'Do, gwddw wedi'i dorri – ac aeth y tŷ 'nôl ar y farchnad eto. Druan â Mr Mathias, roedd o'n meddwl nad oedd o byth yn mynd i gael gwared â'r tŷ. Doedd o ddim isio unrhyw beth i'w wneud efo'r lle. Ond wrth gwrs, roedd o'n gwneud arian bob tro roedd o'n gwerthu'r tŷ, er bod y pris yn mynd yn is ac yn is. Pwy fyddai eisiau byw mewn tŷ lle mae cymaint wedi marw?'

'Ai Dad oedd y nesa i brynu'r lle?' gofynnais.

'Na. Roedd yna un perchennog arall cyn dy dad. Un o Awstralia. Roedd yn newid y thermo-stat ar y rhewgell, a 'na ni. Trydan drwy'r corff i gyd.'

Cafwyd tawelwch hir. Un ai roedd Carol wedi bod yn siarad am amser hirach nag oeddwn i'n feddwl, neu roedd yr haul wedi machlud yn gynt nag arfer, achos aeth hi'n dywyll yn sydyn.

'Ti ddim wir yn symud i mewn i fanna, wyt ti, Ben?' gofynnodd John.

'Dw i ddim yn gwybod,' atebais. Yn sydyn doeddwn i ddim yn teimlo'n dda iawn. 'Ydi hyn i gyd yn wir, Carol? Neu wyt ti ond yn trïo 'nychryn i?'

'Gofynna i Mr Mathias,' dywedodd Carol. 'A dweud y gwir, gofynna i unrhyw un. Mae pawb yn gwybod am Fwthyn Tro. Ac mae pawb yn gwybod y byddet ti'n gorfod bod yn wallgof i fyw yno!'

Y noson honno gofynnais i Dad a oedd o'n gwybod beth oedd o'i flaen yn y tŷ. Roedd Louise yn cysgu'n barod. Roedd hi wedi dechrau yfed yn ddiweddar, ac wedi mynd trwy hanner potel o wisgi cyn ei llusgo'i hun i fyny'r grisiau a'i thaflu'i hun i'r gwely. Sibrydai Dad a fi ond doedd dim angen. Roedd hi'n cysgu'n drwm, a gallech chi'i chlywed hi'n chwyrnu'r ochr draw i Gaerdydd mae'n siŵr.

'Ydi o'n wir, Dad?' gofynnais. 'Oes bwgan ym Mwthyn Tro?'

Edrychodd arna i'n rhyfedd. Am eiliad, meddyliais 'mod i'n gweld fflach o gasineb yn ei lygaid. 'Efo pwy wyt ti wedi bod yn siarad, Ben?' gofynnodd.

'Ro'n i yn nhŷ John.'

'John? O... ei chwaer.' Arhosodd Dad. Roedd o wedi mynd i edrych yn flinedig iawn. A hen. Roedd o'n fy ngwneud i'n drist. 'Ti ddim yn coelio mewn ysbrydion, wyt ti?' gofynnodd.

'Na. Ddim felly.'

'Na fi chwaith. Er mwyn popeth, Ben. Ti'n byw yn yr unfed ganrif ar hugain!'

'Ond roedd Carol yn dweud fod chwe pherson wedi marw yno mewn dwy flynedd. Awstraliad, rhyw Athro Bell, meddyg...'

'Mae'n rhy hwyr rŵan!' torrodd Dad ar fy nhraws i. Doedd o byth fel arfer yn codi'i lais, ond y tro hwn roedd o bron yn gweiddi. 'Ni'n symud yna.' Gwnaeth ymdrech fawr i dawelu wedi hynny. 'Mae Louise yn hoffi'r lle, a bydd hi mor siomedig os newidia i fy meddwl.' Estynnodd a chwarae efo 'ngwallt fel yr arferai wneud pan o'n i'n fach, cyn i Louise ymddangos. 'Does gen ti ddim byd i boeni amdano fo, Ben, dw i'n addo,' dywedodd. 'Byddi di'n hapus yno. Byddwn ni i gyd yn hapus.'

Ac felly symudon ni mewn. Ceisiais anghofio beth roedd Carol wedi'i ddweud wrtha i. Ond mae'n rhaid cyfaddef mod i'n dal i deimlo ychydig bach yn anesmwyth, yn arbennig wedi i ddwy ddamwain ddigwydd y diwrnod cyntaf i ni gyrraedd. Yn gyntaf roedd gyrrwr y fan wedi baglu a thorri'i ffêr. Mae'n debyg y gallai fod wedi digwydd yn unrhyw le, a doedd dim ysbryd wedi ymddangos a dweud 'bŵ!' na dim byd, ond eto, gwnaeth i fi feddwl. Ac wedyn, ar ddiwedd y dydd, disgynnodd y saer coed a oedd wedi dod i drwsio ffenestr. Roedd yn cario llif ar y pryd, a disgynnodd hwnnw gan syrthio ar un o fysedd y saer a thorri bys i ffwrdd bron yn llwyr. Roedd y lle'n llifo gan waed. Ffurfiodd y gwaed siâp a oedd yn edrych yn debyg i farc cwestiwn ar y ffenestr. Ond beth oedd y cwestiwn?

Pam ydyn ni wedi dod yma?

Neu – *Beth sy'n mynd i ddigwydd nesa'?*

Ond ddigwyddodd dim byd am ychydig. Treulion ni'r wythnosau cyntaf yn dadbacio bocsys. Roedd pentyrrau ym mhobman – llyfrau, platiau, bocsys, CDs – ac er yr holl ddadbacio, roedd fel petai mwy o focsys yn ymddangos o hyd. Daeth peiriant golchi llestri newydd un diwrnod, a pheiriant torri gwair anferth. Daeth Dad o hyd iddo mewn siop ail-law, ac roedd bron yn rhy fawr i'r sied. Doedd Louise ddim wedi helpu efo unrhyw beth. Doeddwn i ddim yn gallu peidio â sylwi'i bod hi wedi dechrau magu pwysau. Efallai oherwydd yr holl yfed. Hoffai gysgu yn y prynhawn, a gwaeddai ar y ddau ohonon ni pe bydden ni'n ei deffro.

Wrth gwrs, roeddwn i allan bron bob prynhawn. Roedd Dad wedi prynu beic newydd i fi, achos roedd ei angen i fynd i'r ysgol. Roedd modd i mi ddal bws i Gaerdydd o'r pentre bach cyfagos, ond roedd cyrraedd hwnnw'n daith ddeng munud ar feic hyd yn oed. Roedd yn well gen i feicio'r holl ffordd, gan ddilyn llwybr y gamlas ble'r oedd Dad a fi wedi arfer cerdded o'r blaen. Roedd yn daith brydferth pan oedd y tywydd yn braf – a dyma dymor yr haf – cynnes a braf. Fyddai dim angen i mi fynd ar y bws nes i'r tywydd ddechrau oeri.

Tair llofft oedd ym Mwthyn Tro. Roedd fy un i yn wynebu cefn y tŷ gyda golygfa hyfryd o'r goedwig. Wel, roedd golygfa hyfryd o'r goedwig ymhob stafell gan ein bod wedi cael ein hamgylchynu gan goed. Stafell fach oedd fy llofft i, gyda waliau gwynion, ar dro, a hen drawst hyll a redai ar draws y nenfwd yn union uwchben y ffenestr. Ar ôl cael fy ngwely i mewn a phosteri Arsenal ar y wal, mae'n siŵr ei bod hi'n edrych yn stafell ddigon cartrefol. Ond roedd rhywbeth anesmwyth am y lle o hyd. Mae'r holl goed yna'n taflu cysgod. Roedd cysgodion ym mhobman, a phan chwyth-ai'r gwynt, a'r brigau'n symud, roedd y stafell gyfan yn llawn siapiau'n dawnsio ar y wal.

Roedd rhywbeth arall hefyd. Efallai mai fy nychymyg i oedd o, ond roedd y bwthyn o hyd yn teimlo'n oerach na'r disgwyl. Hyd yn oed ynghanol haf, roedd yna oerfel llaith yn yr awyr. Wrth ddod allan o'r bàth, gallwn ei deimlo'n sleifio dros fy sgwyddau. Roedd o yno o hyd, yn llithro i lawr fy nghefn. Pan o'n i'n mynd i'r gwely, ro'n i'n claddu fy hun dan y dillad, ond hyd yn oed wedyn roedd o'n dod o hyd i ffordd o droi o amgylch fy ffêr, a chosi bysedd fy nhraed i.

Ond roedd Dad yn iawn. Ymddangosai Louise yn hapusach ym Mwthyn Tro. Doedd hi ddim yn gwneud rhyw lawer erbyn hyn. Rywsut, collwyd ei holl offer arlunio wrth symud tŷ a threuliai'r rhan fwyaf o'r diwrnod yn y gwely. Roedd hi'n mynd yn dewach bob dydd. Eisteddai'n aml efo cylch-grawn a bocs o siocledi yn edrych ar y teledu efo'r llenni ar gau. Dad druan oedd yn gorfod gwneud popeth iddi, y siopa, y coginio, y golchi... yn ogystal â gwneud ei swydd yn y brifysgol. Ond o leiaf doedd hi ddim yn gweiddi gymaint arno erbyn hyn. Roedd hi fel brenhines, yn hapus ar yr amod fod pawb arall yn gweini arni.

Ac wedyn digwyddodd rhywbeth, rhywbeth a fu bron â chael gwared o Louise o'n bywydau am byth. Roeddwn i'n llygad-dyst i bopeth a ddigwyddodd. Fel arall, fyddwn i byth wedi'i gredu.

Dydd Sadwrn oedd hi, diwrnod braf ar ddiwedd mis Awst. Roedd Dad ym Mryste. Roeddwn i adre yn trwsio twll yn nheiar y beic. Doedd Louise ddim wedi codi tan un ar ddeg o'r gloch, ac ar ôl iddi gael ei thair powlennaid o greision ŷd, a phum tafell o dost, penderfynodd fynd allan i'r ardd. Roedd hwn yn ddigwyddiad prin, ond roedd hi yn ddiwrnod braf wedi'r cwbl.

Beth bynnag, fe'i gwelais hi'n straffaglu lawr at y pwll pysgod. Roedd ganddi focs o fwyd pysgod yn ei llaw. Efallai fod ei brecwast anferth hi wedi'i hatgoffa nad oedd y pysgod wedi cael eu bwydo ers i ni symud i mewn. Arhosodd ar ochr y pwll, ac arllwys ychydig o'r bwyd pysgod i'w llaw.

'Dewch, bysgod bach!' galwodd mewn llais merch fach.

Symudodd rhywbeth yn y gwair y tu ôl iddi. Dim ond fi welodd o. I ddechrau meddyliais mai neidr oedd yno. Neidr hir werdd efo pen oren. Ond does dim nadroedd gwyrdd, mawr i fod yn y rhan hon o'r byd. Edrychais eto. Dyna pryd y gwelais i beth oedd yno, a phe byddai rhywun wedi'i ddisgrifio i fi, fyddwn i ddim wedi'u credu nhw. Ond roedd o yno, ac fe'i gwelais efo fy llygad fy hun.

Pibell ddŵr yr ardd. Yn symud ar ei phen ei hun.

Roeddwn i'n eistedd yno efo cadwyn y beic yn un llaw ac olew yr holl ffordd fyny i 'mhenelin. Gwelais y bibell yn llithro a throi drwy'r gwair hir tra bod Louise yn sefyll wrth ochr y dŵr yn taflu bwyd pysgod iddo. Agorais fy ngheg i alw arni, ond ddaeth dim byd allan.

Yna, gafaelodd y bibell o amgylch ei ffêr, a thynhau. Gwaeddodd Louise, gan golli'i chydbwysedd. Tasgodd ei llaw yn ôl gan beri i'r bwyd pysgod syrthio mewn bwa hir y tu ôl iddi. Disgynnodd ar ei hwyneb, ac roedd sblash anferth wrth iddi daro'r dŵr. Mae'n rhaid bod y pysgod wedi cael andros o fraw.

Roedd y pwll pysgod yn ddwfn, efo hen dyfiant gwyrdd llysnafeddog drosto i gyd. Er ei bod hi'n braf, roedd y dŵr yn rhewllyd. Does dim unrhyw amheuaeth gen i y byddai Louise wedi marw pe na bawn i wedi bod yno. Wedi eiliad neu ddwy i ddod dros y sioc, gollyngais y gadwyn a rhedeg i'w helpu hi. Na. Dydy hynny ddim yn hollol wir. Es i ddim yn syth. Arhosais i ychydig. A hedfanodd syniad cas trwy fy meddwl.

Gadael iddi foddi. Pam lai? Mae hi wedi dinistrio bywyd Dad. Mae hi wedi gwneud i ni werthu'r hen dŷ. Mae hi'n ddiog a chreulon ac mae hi wastad yn cwyno. Fydden ni'n well ein byd hebddi.

Dyna beth aeth drwy fy meddwl i. Ond yr eiliad nesaf, roeddwn i ar fy nhraed ac yn rhedeg. Fyddwn i ddim wedi maddau i fi fy hun pe bawn i wedi gwneud unrhyw beth gwahanol. Cyrhaeddais ochr y pwll, ac estyn fy llaw ati. Daliais ei ffrog, a'i thynnu draw. Roedd hi'n crïo, ac yn faw o'i phen i'w thraed. Glynnai chwyn gwyrdd yn glymau yn ei gwallt melyn. Llwyddais i'w chael hi allan ar y gwair, ac eisteddodd hi yno yn un lwmpyn mawr, gyda dŵr yn diferu ar hyd ei chorff. Ddiolchodd hi i fi?

'Mae'n siŵr dy fod ti'n meddwl fod hynny'n ddoniol!' meddai.

'Nac ydw,' atebais.

'Wyt, mi wyt ti. Galla i weld!' Sychodd ddarn o chwyn o'i hwyneb. 'Dw i'n dy gasáu di. Hen fachgen cas, drwg.' A chyda hynny fe bwdodd hi'r holl ffordd 'nôl i'r tŷ.

Roedd y bibell ddŵr yn dal yn y gwair.

Y noson honno, dywedais wrth Dad am bopeth oedd wedi digwydd. Wedi'r ddamwain (os mai dyna'r gair iawn), aeth Louise yn ôl i'r gwely. Clôdd y drws fel na allai Dad fynd i mewn ati hyd yn oed petai o eisiau. Dywedais wrtho yn gyntaf ei bod wedi disgyn i'r pwll a sut yr achubais i hi. Wedyn dywedais wrtho am y bibell ddŵr. Ond wrth i fi egluro beth welais i, roedd ei wyneb o'n newid. Roeddwn i'n disgwyl iddo beidio â 'nghredu i. Ond roedd o'n fwy na hynny, roedd o wedi gwylltio.

'Symudodd y bibell,' dywedodd, gan ailadrodd fy ngeiriau i. Daeth y tri gair allan yn drwm ac yn araf.

'Welais i hi, Dad,'

'Ai'r gwynt oedd o?'

'Na, doedd dim gwynt. Yn union fel y dywedais i. Roedd o fel petai hi... wedi dod yn fyw.'

Ben, wyt ti wir yn disgwyl i fi goelio hynny? Wyt ti'n dweud mai hud a lledrith oedd o? Tylwyth Teg? Ti'n bedair ar ddeg er mwyn dyn. Dydy pibelli dŵr ddim yn dod yn fyw a symud ar eu pennau'u hunain...'

'Dw i ond yn dweud be welais i.'

'Ti'n dweud be ti'n meddwl welaist ti. Pe bawn i ddim yn dy nabod di'n well, byddwn i'n meddwl dy fod di wedi bod yn arogli glud neu rywbeth.'

'Dad – achubes i'i bywyd hi!'

'Do. Da iawn.'

Cerddodd allan o'r tŷ a wnes i mo'i weld eto'r noson honno. Dim ond wedyn, pan oeddwn yn gorwedd yn y gwely, y sylweddolais i beth yn union oedd wedi'i wylltio fo. Doedd o ddim yn syniad pleserus, ond allwn i ddim peidio â meddwl am y peth.

Efallai y byddai Dad yn hapusach pe byddwn i wedi gwneud yr hyn y ces i 'nhemtio i wneud. Efallai y byddai'n hapusach pe bawn i wedi gadael i Louise foddi.

*

Mae'r stori bron ar ben... a dyma lle mae'n rhaid i fi gyfaddef fy mod wedi colli'r uchafbwynt. Digwyddodd hynny tua mis yn ddiweddarach, ac roeddwn i i ffwrdd am y penwythnos. Efallai fod hynny'n beth da, achos digwyddodd rhywbeth erchyll iawn.

Cafodd Louise ei malu'n rhacs.

Roedd hi wedi bod yn torheulo yn yr ardd, a rhywsut, taniodd y peiriant torri gwair ohono'i hun. Chwyrnodd allan o'r sied, ar draws y lawnt ac i'w chyfeiriad hi. Roedd hi'n gorwedd ar liain, yn gwrando ar gerddoriaeth drwy'r ffonau clust. Dyna sut na chlywodd hi'r peiriant yn dod. Galla' i ddychmygu'i heiliadau olaf hi. Mae'n rhaid bod cysgod wedi disgyn dros ei llygaid hi. Mae'n rhaid ei bod hi wedi edrych i fyny mewn pryd i weld yr anghenfil metal yn disgyn arni, y peiriant yn rhuo, y llafnau'n troelli, yr olew'n poeri cymylau duon trwchus. Pan gyrhaeddodd yr heddlu, roedd Louise dros y lle i gyd. Roedd darnau ohoni ar wasgar dros ugain metr i ffwrdd, wedi'u tasgu yn erbyn wal gyfagos.

Bob tro mae gwraig yn marw dan amgylchiadau amheus, mae'r heddlu'n amau'r gŵr. Ac allai'r amgylchiadau ddim fod wedi bod yn fwy amheus na'r rhain! Yn ffodus, roedd Dad yn amlwg yn ddieuog. Ar yr union amser y cafodd Louise ei lladd, roedd Dad yn darlithio i ddau gant o fyfyrwyr. Roeddwn i yn Llundain, felly doedd gen i ddim byd i'w wneud efo'r digwyddiad chwaith. Fis wedi'r farwolaeth, cynhaliwyd cwest ac roedd yn rhaid i ni fynd i'r llys i glywed adroddiadau'r heddlu a'r tystion. Cafodd y peiriant torri gwair ei dynnu'n ddarnau a'i archwilio'n fanwl ac roedd 'na adroddiad ynglŷn â hynny. Ond yn y diwedd, dim ond un penderfyniad allai fod. Marwolaeth trwy ddamwain. A dyna ddiwedd ar hynny.

Neu felly'r oeddwn i'n meddwl.

Aethon ni byth 'nôl i Fwthyn Tro. Roeddwn i'n falch o hynny. Meddyliais am yr holl farwolaethau oedd wedi digwydd yno dros y blynyddoedd... a rŵan Louise! Efallai mai fi neu fy nhad fyddai nesa'. Symudon ni i dŷ rhent yng Nghaerdydd a chymerodd Dad amser i ffwrdd o'i waith i gael trefn ar bethau. Doeddwn i ddim yn siŵr beth fyddai'n digwydd i ni na lle fydden ni'n byw. Ond rŵan roedd hi'n ymddangos ein bod ni'n gyfoethog iawn. Ymddangosai fel cyd-ddigwyddiad anhygoel fod Dad wedi dechrau polisi yswiriant ar fywyd Louise, yn union cyn i ni symud i fyw i Fwthyn Tro. Pe byddai'n marw o ganlyniad i ddamwain neu afiechyd, byddai Dad yn cael tri chwarter miliwm o bunnoedd! Wrth gwrs, roedd y cwmni yswiriant yn ddrwgdybus iawn. Maen nhw o hyd felly. Ond roedd yr heddlu wedi ymchwilio. Roedd cwest wedi bod. Doedd dim dewis ganddyn nhw ond talu.

Ac felly roedden ni'n gallu prynu tŷ newydd yng Nghaerdydd, yn agos iawn i'r tŷ werthon ni. Ceision ni anghofio am Louise. Dechreuodd popeth fynd 'nôl i fel roedd hi o'r blaen.

Ac yna, un diwrnod, roeddwn i yn y brifysgol yn cyfarfod Dad ar ôl gwaith. Roedden ni wedi trefnu i fynd i'r sinema gyda'n gilydd, fel yn yr hen ddyddiau. Roedd rhyw ddiwtorial neu'i gilydd yn rhedeg yn hwyr, a dyma fi'n aros amdano yn ei swyddfa fach.

Ar ei ddesg, gwelais lun ohonof fi (ond dim o Louise), a darnau papur blith draphlith hyd y lle. Dwy gadair a soffa. Estynnai silffoedd ar hyd dwy wal, a llyfrau ymhobman. Mae'n rhaid bod tua mil o lyfrau yno. Roedden nhw hyd yn oed mewn pentyrrau ar y llawr, a bron â gorchuddio'r ffenestr.

Penderfynais ddarllen rhywbeth er mwyn lladd amser. Ond llyfrau hanes oedden nhw i gyd. Wedyn sylwais fod yna gomic *Viz* ar un o'r silff-oedd. Estynnais i fyny amdano a digwydd dal fy mys yn un o'r llyfrau eraill. Syrthiodd allan a glanio yn fy mreichiau. Edrychais ar y clawr. *Tai Bwgan o Oes Elisabeth y Cyntaf.*

Roeddwn i'n chwilfrydig. Roedd fel petai Dad wedi cuddio'r llyfr ar y silff uchaf i wneud yn siŵr nad oedd am i neb ei weld. Es â'r llyfr draw at y ddesg, a'i agor.

A dyna lle'r oedd o, ar y dudalen gyntaf, yn bennawd i un bennod gyfan.

Bwthyn Tro

Eisteddais, a dyma ddarllenais i.

Un o wrachod enwocaf yr unfed ganrif ar bymtheg oedd Joan Barringer. Trigai mewn bwthyn heb fod ymhell o Gaerdydd. Roedd y rhan fwyaf o wrachod y cyfnod yn hen ac yn ddibriod, ond roedd Joan Barringer yn wahanol. Roedd hi'n briod â gof o'r enw James Barringer. Tua'r flwyddyn 1584 dechreuodd James gael perthynas efo merch leol o'r enw Rose Edlyn, merch tirfeddiannwr cyfoethog o'r enw Richard Edlyn.

Rywsut, daeth Joan Barringer i wybod am y berthynas. Roedd ei dial yn gyflym ac ofnadwy. Gosododd felltith ar y ferch druan, ac yn yr wythnosau canlynol, aeth Rose yn sâl. Collodd bwysau. Collodd ei gwallt. Aeth yn ddall. Yn y diwedd, bu farw. Yn ddiweddar cafwyd hyd i lythyrau Richard Edlyn, ac mae'r llythyrau hyn yn dangos beth ddigwyddodd nesaf.

Perswadiwyd James Barringer i roi tystiolaeth yn erbyn ei wraig. Gorfodwyd hi i'r llys i ateb y cyhuddiad ei bod hi'n wrach, a dedfrydwyd hi i farwolaeth. Y cynllun oedd ei llosgi hi'n fyw. Ond llwyddodd i ddianc o'r carchar, a dychwelyd i'w bwthyn. Amgylchynwyd y tŷ. Mynnai'r pentrefwyr y byddai'n rhaid i'r ddynes ddieflig dalu am yr hyn yr oedd hi wedi'i wneud.

A dyna pryd yr ymddangosodd Joan Barringer. Safai yn ffenestr y llofft, efo rhaff am ei gwddf, yn gweiddi'r felltith derfynol. Byddai unrhyw ferch a fyddai'n mynd i mewn i Fwthyn Tro yn marw. Rhoddai'r bai ar ferched am beth oedd wedi digwydd iddi. Roedd Rose Edlyn yn brydferth ac wedi dwyn ei gŵr oddi arni. Roedd Joan ar y llaw arall yn hyll, a byddai'n marw heb neb yn ei charu.

Wedyn neidiodd hi. Roedd y rhaff wedi'i glymu i drawst. Torrodd ei gwddf, a chrogai ei chorff o flaen y pentrefwyr, gyda'i phen wedi'i droi ar un ochr. Dyma ran o lythyr olaf Richard Edlyn:

'… ac felly y cafwyd yr hen ddynes ddieflig, druenus. Golygfa erchyll. Roedd ei llygaid yn chwyddedig a gwaedlyd, a'i dannedd yn dywyll. A hithau'n crogi ar dro gerfydd ei gwddf ger y tŷ melltigedig.' Dyma sut y cafodd Bwthyn Tro ei enw.

Felly roedd Dad yn gwybod am hanes Bwthyn Tro cyn i ni symud i mewn. Dyna ddaeth i fy meddwl gyntaf. Ond roedd mwy iddo na hynny. Cofiais gymaint y gwylltiodd pan ofynnais a oedd ysbryd-ion yno.

'Er mwyn dyn, Ben, dyma'r unfed ganrif ar hugain…'

Dyna beth ddywedodd o. Ond roedd o'n gwybod.

Roedd o'n gwybod bod melltith ar y tŷ – a bod y felltith ond yn gweithio ar ferched. Allai o fod yn wir? Defnyddiais y ffôn yn ei swyddfa a galw Carol, y ferch a'm rhybuddiodd i gyntaf am Fwthyn Tro. Roedd chwe pherson wedi marw yno, meddai. A rŵan, dyma hi'n cadarnhau'r hyn yr oeddwn i'n ei wybod yn barod. Roedd Mrs Webster wedi boddi yn y bath. Mrs Johnson wedi disgyn allan o ffenest. Dr Stainer wedi torri ei phenglog, a'r Athro Bell wedi disgyn lawr y grisiau. Merched i gyd. Roedd dynes arall wedi cael trawiad ar ei chalon ac roedd gwraig o Awstralia wedi trydanu'i hun.

Meddyliais yn ôl i'r diwrnod y symudon ni i mewn. Y gyrrwr a dorrodd ei ffêr, a'r saer a oedd wedi llithro efo'r llif. Merched oedd y ddwy. Roedd fy mhen yn troi. Doeddwn i ddim eisiau meddwl am y peth. Ond doedd dim ffordd o osgoi'r gwir. Roedd Louise wedi dinistrio bywyd Dad, ac roedd wedi gwrthod rhoi ysgariad iddo. Mae'n rhaid ei fod eisiau ei lladd hi, ond doedd o ddim yn gallu gwneud hynny'i hun. Felly symudodd i mewn i Fwthyn Tro, a gadael i ysbryd Joan Barringer wneud y gwaith drosto. Roedd o'n gwybod y byddai'r ddau wryw yn y tŷ yn saff.

Roedd hyn yn anhygoel!

Gosodais y llyfr 'nôl ar y silff a gadael y stafell.

Ofynnais i byth iddo am y peth. Sonion ni ddim am Fwthyn Tro fyth wedyn.

Ond mae yna un peth arall i sôn amdano.

Cadwodd Dad ei afael ar Fwthyn Tro. Werthodd o ddim mo'r lle. Gyda'r holl arian a gafodd gyda'r yswiriant, doedd dim angen iddo wneud. Ond yn ddiweddarach, des i wybod ei fod o'n rhentu'r lle o dro i dro. Gofynnai am arian mawr, ond roedd y dynion a oedd yn rhentu'r lle wastad yn talu.

Dynion o hyd. Bydden nhw'n mynd yno gyda'u gwragedd cegog, creulon. Neu eu neiniau gwirion, sgrechlyd. Aeth un â'i fam. Un arall gyda modryb arbennig o ddialgar.

Dim ond am amser byr yr arhosodd y merched. Ddaeth yr un ohonyn nhw byth yn ôl.

HUNLLEF
harriet

Yr hyn a wnaeth y freuddwyd mor ofnadwy oedd ei bod hi mor *fyw.*

Teimlai Harriet ei bod hi wir yn eistedd mewn sinema, yn gwylio ffilm amdani hi'i hun, yn lle gorwedd yn y gwely. Ac er ei bod hi wedi darllen unwaith nad oedd pobl ond yn breuddwydio mewn du-a-gwyn, roedd ei breuddwyd hi mewn lliw llawn. Gallai ei gweld ei hun yn gwisgo'i hoff ffrog binc ac roedd yna rubanau cochion yn ei gwallt. Fyddai Harriet byth yn *breuddwydio* am gael breuddwyd ddu-a-gwyn. Doedd ond y gorau'n ddigon da iddi hi.

Er hynny, dyma un freuddwyd y byddai'n well ganddi beidio â'i chael. Fel y gorweddai yno gyda'i choesau wedi'u plygu'n glyd a'i breich-iau'n dynn wrth ei hochr, roedd hi ar dân eisiau deffro, a galw ar Ffiffi, ei nani Ffrengig, i fynd i wneud brecwast. Roedd y freuddwyd yn un arbennig o ofnadwy. Mae'n siŵr mai am eiliadau'n unig y parodd hi, er ei bod yn ymddangos fel pe bai wedi para drwy'r nos. Roedd hi'n fwy fel hun-llef. Dyna'r gwir.

Dechreuodd mor brydferth. Harriet yn ei ffrog binc yn sgipio ar lwybr eu tŷ hyfryd ger Aber-honddu. Gallai'i chlywed ei hun yn canu. Roedd hi ar ei ffordd 'nôl o'r ysgol ac roedd heddiw wedi bod yn ddiwrnod arbennig o dda. Hi oedd y gorau yn y prawf sillafu. Er ei bod hi'n gwybod ei bod wedi twyllo – taflu cipolwg ar y papur a guddiodd yn ei chas pensiliau – roedd hi'n dal wrth ei bodd yn mynd i flaen y dosbarth i nôl ei marc. Yn natur-iol, roedd Jane Wilson (a ddaeth yn ail) wedi dweud pethau cas, ond llwyddodd Harriet i ddial drwy ollwng gwydraid o laeth yn 'ddamweiniol' dros y ferch arall yn ystod amser cinio.

Roedd hi'n falch o gael bod adre. Roedd tŷ Harriet yn wyn ac yn fawr, mewn gardd berffaith efo nant a rhaeadr fechan. Doedd gan neb yn yr ysgol ardd mor fawr ag un Harriet. Pwysai ei beic newydd sbon yn erbyn y wal wrth y drws ffrynt. Efallai y dylai fod wedi ei roi yn y garej gan ei fod yn dechrau rhydu ar ôl cael ei adael allan yn y glaw am wythnos. Wel, bai Ffiffi oedd hynny. Pe bai'r nani wedi cadw'r beic, byddai'n hollol iawn. Meddyliodd Harriet am gwyno wrth ei mam. Roedd gan Harriet wyneb arbennig ar gyfer adegau fel hyn, a ffordd o golli llond bwced o ddagrau. Pe bai'n cwyno digon, efallai y byddai'i mam yn rhoi'r sac i Ffiffi. Byddai hynny'n hwyl. Roedd Harriet wedi llwyddo i wneud i bedair nani arall gael y sac. Dim ond tair wythnos roedd y nani ddiwethaf wedi para!

Agorodd y drws ffrynt, ac o'r eiliad honno dechreuodd pethau fynd o chwith. Rywsut roedd hi'n gwybod hynny cyn sylweddoli beth oedd yn digwydd. Ond wrth gwrs, roedd hynny'n beth arferol mewn breuddwyd. Byddai pethau'n digwydd mor gyflym nes eich bod chi'n gwybod amdanyn nhw *cyn* iddyn nhw ddigwydd.

Roedd ei thad adre'n gynnar o'r gwaith. Roedd Harriet yn barod wedi gweld y Porsche wedi'i barcio y tu allan. Rhedai Guy Hubbard siop hen bethau yn Aberhonddu, ac yn ddiweddar roedd wedi dechrau ymhél â busnesau eraill hefyd. Datblygu adeilad yn Aberhonddu a rhywbeth yn ymwneud â fflatiau gwyliau ym Majorca. Ond hen bethau oedd ei brif ddiddordeb. Roedd yn teithio'r wlad yn ymweld â thai, yn aml lle'r oedd pobl newydd farw. Byddai'n ei gyflwyno'i hun i'r gweddwon ac yn edrych o'i amgylch, yn dewis y trysorau gyda'i lygad profiadol. 'Dyna fwrdd hyfryd,' dywedai. 'Beth am hanner canpunt. Arian parod. Dim cwestiynau. Cytuno?' Yn ddiwedd-arach, byddai'r union fwrdd yn ymddangos yn ei siop gyda phris o bum cant neu hyd yn oed bum mil o bunnoedd. Dyma gyfrinach llwyddiant Guy. Doedd gan y bobl y byddai'n delio â nhw ddim syniad am werth yr eiddo. Ond roedd Guy yn gwybod. Dywedodd unwaith y gallai arogli darn gwerthfawr cyn ei weld hyd yn oed.

Ar yr eiliad hon, roedd yn y stafell fyw yn siarad â'i wraig mewn llais isel, anhapus. Roedd rhyw-beth wedi mynd o'i le, yn ddifrifol o'i le. Aeth Harriet at y drws, a rhoi'i chlust wrth y pren.

'Mae hi ar ben arna i,' dywedodd Guy. 'Popeth ar ben. A does dim allwn ni ei wneud, cariad.'

'Ti wedi colli'r cyfan?' gofynnodd ei wraig. Roedd Hilda Hubbard wedi bod yn ferch trin gwallt unwaith, ond roedd hynny flynyddoedd yn ôl. Er hynny, cwynai'n gyson ei bod hi wedi blino, ac âi ar ei gwyliau o leiaf chwe gwaith bob blwyddyn.

'Y cyfan i gyd. Yr hen ddatblygiad 'ma. Mae Jack a Barry wedi'i baglu hi. Wedi gadael y wlad. Maen nhw wedi mynd â'r arian i gyd, ac wedi 'ngadael i â'r holl ddyledion.'

'Ond be wnawn ni?'

'Gwerthu, a dechrau eto, cariad. Mae popeth yn bosib. Ond bydd yn rhaid i'r tŷ fynd. A'r ceir...'

'Beth am Harriet?'

'Wel, i ddechrau, bydd yn rhaid iddi symud o'r ysgol grand 'na. Ysgol gyfun fel pawb arall fydd hi o hyn ymlaen. A'r daith ar y llong i chi'ch dwy – bydd raid i chi anghofio amdani!'

Roedd Harriet wedi clywed digon. Gwthiodd y drws ar agor, a martsio i'r stafell. Roedd ei bochau'n goch yn barod ac roedd wedi gwasgu'i gwefusau yn erbyn ei gilydd mor galed nes eu bod nhw'n gwthio allan, yn cusanu'r awyr.

'Be sy wedi digwydd?' gofynnodd mewn llais gwichlyd. 'Be ydych chi'n ei ddweud, Dadi? Pam na alla i fynd ar y daith llong?' Edrychodd Guy ar ei ferch yn drist. 'Wyt ti wedi bod yn gwrando tu allan?' gofynnodd.

Eisteddai Hilda mewn cadair, gan ddal glasied o wisgi. 'Paid â'i bwlio hi, Guy,' meddai.

'Dwedwch! Dwedwch! Dwedwch!' Roedd Harriet fel petai bron yn ei dagrau. Ond roedd wedi penderfynu'n barod nad oedd hi am grïo. Ar y llaw arall, efallai y byddai'n syniad rhoi tro ar un o'i sgrechfeydd uchel.

Roedd Guy Hubbard yn sefyll wrth ymyl y lle tân. Roedd yn ddyn byr, gyda gwallt du sgleiniog a mwstàs bychan. Gwisgai siwt gyda hances goch yn ymddangos allan o'r boced uchaf. Doedd o a Harriet erioed wedi bod yn agos. Mewn gwir-ionedd, siaradai Harriet efo fo gyn lleied â phosibl, ar wahân i ofyn am arian poced.

'Waeth i ti wybod ddim,' meddai. 'Dw i wedi mynd yn fethdalwr.'

'Beth?' Roedd dagrau'n dechrau pigo'i llygaid.

'Paid â phoeni, bach...' dechreuodd Hilda.

'Ma' *isio* i ti boeni!' Torrodd Guy ar ei thraws. 'Ma' pethau'n mynd i newid o hyn allan, 'merch i. Cred ti fi.' Elli di anghofio dy ddillad ffansi a'r nanis Ffrengig...'

'Ffiffi?'

'Ges i wared arni bore 'ma.'

'Ond o'n i'n ei hoffi hi!' Dechreuodd y dagrau bowlio lawr bochau Harriet.

'Bydd yn rhaid i ti ddechrau tynnu dy bwysau. Erbyn i fi dalu 'nyledion i gyd, fydd dim digon o arian i brynu tun o fîns. Bydd yn rhaid i ti fynd allan i weithio. Faint wyt ti rŵan? Pedair ar ddeg?'

'Dw i'n ddeuddeg!'

'Wel, elli di gael rownd bapur neu rywbeth. A Hilda, rhaid i ti fynd 'nôl i drin gwallt. Torri a sychu – deg punt ar hugain y tro.' Tynnodd Guy sigarèt allan a'i thanio, gan chwythu mwg glas i'r awyr. 'Brynwn ni dŷ ym Manwen neu rywle. Dim ond un stafell wely allwn ni ei fforddio.'

'Felly lle fydda i'n cysgu?' gofynnodd Harriet yn dawel.

'Gelli di gysgu yn y bàth.'

A dyna hi wedyn. Llifodd y dagrau, nid yn unig allan o lygaid Harriet ond, yn fwy ffiaidd, allan o'i thrwyn hi hefyd. Ar yr un pryd, gollyngodd un o'i sgrechiadau uchel, gwichlyd.

'Na! Na! Na!' gwaeddodd. 'Dw i ddim yn gadael y tŷ 'ma, a dw i ddim yn cysgu yn y bàth. Eich bai chi ydi hyn i gyd, Dadi. Dw i'n eich casáu chi. Dw i wastad wedi'ch casáu chi. A dw i'n casáu Mami hefyd a dw i'n mynd ar y daith llong, ac os gwnewch chi'n fy stopio i, bydda i'n dweud wrth yr NSPCC a'r heddlu a bydda i'n dweud wrth bawb eich bod chi'n dwyn pethau oddi wrth hen ferched, a'ch bod chi ddim yn talu treth, a byddwch chi'n mynd i'r carchar a fydda i'n poeni dim!'

Roedd Harriet bron â thagu wrth iddi sgrechian mor uchel. Anadlodd yn ddwfn, troi ar ei sawdl, llamu o'r stafell gan gau'r drws yn glep y tu ôl iddi. Wrth iddi fynd, gallai glywed ei thad yn dweud, 'Bydd yn rhaid i ni wneud rhywbeth am y ferch 'na.'

Ond roedd hi wedi mynd.

Ac wedyn, fel llawer o freuddwydion, daeth yn fory neu drennydd, ac roedd Harriet yn eistedd wrth y bwrdd brecwast gyda'i mam. Roedd honno'n bwyta powlennaid o rawnfwyd braster isel ac yn darllen y *Sun* pan ddaeth Guy i mewn i'r gegin.

'Bore da,' dywedodd.

Anwybyddodd Harriet ei thad.

'Iawn,' dywedodd e, 'Dw i wedi gwrando ar beth oedd gen ti i'w ddweud, a dw i wedi siarad am y peth efo dy fam, ac mae'n amlwg y bydd yn rhaid i ni gael trefn newydd ar bethau.'

Rhoddodd Harriet fenyn ar ddarn arall o dost. Roedd hi'n sidêt ac aeddfed iawn, meddyliai. Fel oedolyn. Ond cafodd yr effaith ei sbwylio braidd wrth i ddarn o fenyn ddiferu i lawr ei gên.

'Ry'n ni'n symud,' ychwanegodd Guy. 'Ond ti'n iawn. Fydd 'na ddim llawer o le i ti yn y lle newydd. Rwyt ti'n ormod o hen fadam fach.'

'Guy,' mwmialodd Hilda mewn gwrthwynebiad.

Anwybyddodd ei gŵr hi. 'Dw i wedi bod yn siarad efo dy Ewyrth Algernon,' meddai. 'Mae o wedi cytuno i dy gymryd di.'

'Does gen i ddim Ewyrth Algernon,' snwffiodd Harriet.

''Dio ddim yn ewyrth iawn i ti. Dim ond hen ffrind i'r teulu. Mae'n rhedeg bwyty yn Llundain. Y 'Sawney Bean'. Dyna'r enw.'

'Dyna enw gwirion ar fwyty,' dywedodd Harriet.

'Gwirion neu beidio. Mae o wedi gwneud ffortiwn. Mae'n morio mewn arian. Ac mae angen merch ifanc fel ti arno fo. Paid â gofyn i beth! Beth bynnag, dw i wedi siarad efo fo ar y ffôn heddiw, ac mae o ar ei ffordd i dy nôl di. Byddi di'n mynd yn dy ôl efo fo, ac efallai ryw ddiwrnod pan fyddwn ni wedi cael trefn ar bethau...'

`Bydd gen i hiraeth ar ôl Harri-Warri fach!' llefodd Hilda.

'Fyddi di ddim yn hiraethu o gwbl! Ti wedi bod yn rhy brysur yn chwarae *bridge* a thrin ewinedd dy draed i edrych ar ei hôl hi'n iawn. Efallai mai dyna pam ei bod hi'n ferch fach mor wirion. Ond mae'n rhy hwyr rŵan. Bydd o yma'n fuan. Well i ti fynd i bacio.'

''Mabi bach i!' Tro Hilda oedd hi rŵan i ddech-rau crïo. Arllwysai'r dagrau i mewn i'r *muesli*.

'Bydd isio dau fag arna i,' dywedodd Harriet, ac mae'n well i chi roi arian poced i fi hefyd. Chwe mis ymlaen llaw!'

Cyrhaeddodd Ewyrth Algernon am hanner dydd. Ar ôl yr hyn roedd ei thad wedi'i ddweud, disgwyliai Harriet iddo fod yn gyrru Rolls-Royce, neu Jaguar o leiaf, a chafodd ei siomi yn yr olwg gyntaf ohono, yn sgrialu i fyny'r ffordd mewn hen fan wen flêr, gydag enw'r bwyty, SAWNEY BEAN, wedi'i sgrifennu mewn lliw gwaed ar yr ochr.

Arhosodd y fan, a daeth dyn allan o'r sêt flaen. Roedd bron yn amhosibl iddo ddod allan gan ei fod mor dal. Doedd Harriet ddim yn siŵr sut y llwyddodd i ffitio i mewn yn y lle cyntaf. Wrth iddo ymsythu, roedd yn llawer talach na'r fan ei hun, a'i ben moel hyd yn oed yn dalach na'r *aerial* ar y to. Roedd o'n erchyll o denau, yn union fel pe bai wedi cael ei roi ar rac a'i dynnu. Edrychai'i goesau a'i freichiau, a oedd yn hongian wrth ei ochr, yn union fel pe baen nhw wedi'u gwneud o elastig. Roedd ei wyneb yn drawiadol o hyll. Er nad oedd ganddo unrhyw wallt ar ei ben, roedd ei aeliau'n drwchus, a heb fod yn gweddu'n iawn i'w lygaid bychain, disglair. Lliw pêl ping-pong oedd ei groen, ac roedd ei ben fwy neu lai'r un siâp. Gwisgai gôt ddu gyda choler ffwr o amgylch ei wddf, a sgidiau duon sgleiniog a wichiai wrth iddo gerdded.

Guy Hubbard oedd y cyntaf allan i'w gyfarch.

'Helo, Archie!' dywedodd ac, ar ôl siglo llaw, ychwanegodd, 'sut mae'r busnes?'

'Prysur. Prysur iawn.' Roedd gan Algernon lais isel, tawel a wnâi i Harriet feddwl am drefnydd angladdau. 'Alla i ddim aros, Guy. Mae angen i fi fod yn ôl yn y dre erbyn cinio. Cinio!' Llyfodd ei wefusau gyda thafod pinc, llaith. 'Llawn heddiw. A fory. Drwy'r wythnos. Freuddwydiais i erioed y byddai Sawney Bean mor llwyddiannus.'

'Ti'n gwneud dy ffortiwn…'

'Ti'n iawn!'

'Felly ydi o gen ti?'

Gwenodd Algernon, ac estyn i boced ei got. Tynnodd amlen frown, flêr allan, a'i rhoi i Guy. Edrychai Harriet arnyn nhw â golwg boenus arni. Roedd hi'n gwybod beth oedd ystyr amlenni brown i'w thad. Roedd yn amlwg fod Algernon yn rhoi arian iddo – a llawer hefyd yn ôl maint yr amlen. Ond fo oedd yr un oedd yn ei chymryd hi i ffwrdd i edrych ar ei hôl. Felly oni ddylai Guy fod yn ei dalu *fo*?

Rhoddodd Guy yr arian yn ei boced.

'Felly ble mae hi?' gofynnodd Algernon.

'Harriet!' galwodd Guy.

Gafaelodd Harriet yn ei chesys a cherdded allan o'r tŷ am y tro olaf. 'Dyma fi!' dywedodd. 'Ond dw i'n gobeithio'ch bod chi ddim yn disgwyl i fi fynd yn yr hen fan hyll 'na...'

Gwgodd Guy. Ond mae'n debyg nad oedd Algernon wedi'i chlywed. Roedd yn rhythu arni gyda golwg ryfedd iawn yn ei lygaid. Cafodd ei blesio yn yr hyn a welai. Roedd o'n hapus. Ond roedd rhywbeth arall. Newyn? Roedd Harriet bron yn gallu teimlo'i lygaid yn sgubo i fyny a lawr ei chorff. Rhoddodd y cesys i lawr a rhewi wrth iddo redeg ei fys hyd ochr ei hwyneb. 'O ia,' anadlodd. 'Mae'n berffaith. Hollol berffaith. Bydd hi'n gwneud yn iawn.'

'Be fydda i'n ei wneud yn iawn?' gofynnodd Harriet.

'Dim o dy fusnes di,' atebodd Guy.

Yn y cyfamser, roedd Hilda wedi dod allan at y car. Roedd hi'n crynu, a sylwodd Harriet ei bod hi'n gwrthod edrych ar yr ymwelydd newydd.

'Mae'n amser mynd,' dywedodd Guy.

Gwenodd Algernon ar Harriet. Roedd ganddo ddannedd difrifol. Roedden nhw'n felyn ac anwastad, ac yn waeth byth, roedden nhw'n rhyfedd o bigog. Roedden nhw'n fwy fel dannedd anifail. 'Dos i mewn,' dywedodd. 'Mae'n mynd i fod yn daith hir.'

Torrodd Hilda i grïo eto. 'Ti ddim yn mynd i roi cusan ffarwel i fi?' llefodd.

'Na,' atebodd Harriet.

'Hwyl fawr,' dywedodd Guy. Roedd o eisiau i hyn ddod i ben mor fuan â phosib. Dringodd Harriet i'r fan tra gosododd Algernon ei chesys yn y cefn. Roedd plastic rhad yn gorchuddio'r seddau, a'r stwffin yn dod allan o rai darnau a oedd wedi rhwygo. Roedd y llawr yn llawn blerwch; papur losin, hen anfonebau, a bocs sigarèts gwag. Ceisiodd agor y ffenest, ond doedd yr handlen ddim yn troi.

'Ffarwel, Mami! Ffarwel, Dadi!' galwodd drwy'r gwydr. 'Do'n i erioed wedi hoffi fan hyn, a dw i ddim yn difaru mod i'n mynd. Falle wela i chi eto pan fydda i'n hŷn.'

'Go brin...' Oedd ei thad wir wedi dweud hynny? Roedd o'n swnio fel hynny beth bynnag. Trodd Harriet ei hwyneb i ffwrdd mewn dirmyg llwyr.

Roedd Algernon wedi dringo i mewn wrth ei hochor hi. Roedd yn rhaid iddo blygu'i gorff i gyd i ffitio i'r fan, ac roedd ei ben yn dal i gyffwrdd y to. Taniodd yr injan a'r eiliad nesaf roedd y ddau'n gyrru i ffwrdd. Doedd Harriet ddim wedi edrych 'nôl. Doedd hi ddim eisiau i'w rhieni feddwl ei bod hi'n hiraethu amdanyn nhw.

Siaradodd y ddau ddim nes cyrraedd traffordd yr M4, a dechrau'r daith hir tua'r dwyrain. Roedd Harriet wedi edrych am y radio, gan obeithio gwrando ar gerddoriaeth, ond roedd wedi cael ei ddwyn, a'r gwifrau'n hongian o'r dashfwrdd.

Sylwai fod Algernon yn edrych arni, hyd yn oed wrth iddo yrru. Roedd hyn yn mynd drwyddi, ac felly penderfynodd ddechrau siarad.

'Felly dwedwch am y lle bwyta 'ma, 'te,' dywedodd.

'Be wyt ti isio'i wybod?' gofynnodd Algernon.

'Dw i ddim yn gwybod...'

'Mae'n egsgliwsif iawn,' dechreuodd Algernon. 'Mae o mor egsgliwsif, does dim llawer yn gwybod amdano fo. Er hynny, mae'n llawn bob nos. Fyddwn ni byth yn hysbysebu, ond mae'r gair ar led. Allet ti ddweud mai gair o geg ydi o. Ia, gair o geg, dyna ti.'

Roedd yna rywbeth rhyfedd yn y ffordd y dywedodd o hynny. Unwaith eto, llithrodd ei dafod dros ei wefus. Gwenodd, fel petai'n jôc gyfrinachol.

'Ydi o'n lle drud?' gofynnodd Harriet.

'O, ydi. Y lle drutaf yn Llundain. Wyt ti'n gwybod faint fyddai pryd o fwyd i ddau yn ei gostio i ti?'

Cododd Harriet ei hysgwyddau.

'Pum can punt. Ac mae'r gwin ar ben hynny.'

'Mae hynny'n hurt!' ebychodd Harriet, 'Fyddai neb yn talu cymaint â hynny am bryd o fwyd i ddau.'

'Mae 'nghwsmeriaid i'n ddigon bodlon talu. Ti'n gweld...'

Gwenodd Algernon eto. Roedd ei lygaid yn dal ar y ffordd. 'Mae rhai pobl yn gwneud arian mawr mewn bywyd. Sêr y byd ffilmiau ac awduron. Bancwyr a dynion busnes. Mae ganddyn nhw filiynau o bunnoedd, ac mae'n rhaid iddyn nhw wario'r arian ar rywbeth. Dydy gwario canpunt ar lwyaid o gafiar yn golygu dim i'r rhain. Maen nhw'n gwario miloedd ar un botel o win! Maen nhw'n mynd i'r llefydd bwyta gorau, a dydyn nhw ddim yn poeni faint maen nhw'n ei dalu, cyn belled â bod y bwyd yn cael ei goginio gan gogydd enwog. Gorau oll os yw'r fwydlen yn Ffrangeg, a'r cynhwysion wedi cael eu hedfan i mewn o bedwar ban byd ar gost uchel iawn. Wyt ti'n dallt, cariad?'

'Peidiwch â 'ngalw i'n "cariad",' dywedodd Harriet.

Chwarddodd Algernon yn ysgafn. 'Ond wrth gwrs, mae amser yn dod pan maen nhw wedi bwyta popeth ar y fwydlen. Yr eog gorau a'r cig tyneraf. A dim ond hyn a hyn o gynhwysion sydd yn y byd, cariad. Ac maen nhw'n sylwi'n fuan eu bod nhw wedi blasu'r cyfan. O, oes, mae 'na filoedd o ffyrdd i'w paratoi nhw. Colomen gyda marmalêd a *foie gras*. Eog wedi'i fygu gyda sialóts a madarch *shitaake*. Ond mae amser yn dod pan maen nhw'n teimlo eu bod nhw wedi cael y cyfan. Pan mae'r archwaeth yn gofyn am fwy. Pan maen nhw'n crefu am brofiad bwyta hollol wahanol. A dyna pryd maen nhw'n dod i Sawney Bean.'

'Pam wnaethoch chi roi enw mor wirion i'r lle?' gofynnodd Harriet.

'Mae wedi'i enwi ar ôl person go iawn,' atebodd Algernon.

Doedd o ddim wedi'i gynhyrfu o gwbl er bod Harriet yn bwrpasol wedi ceisio'i boeni. 'Roedd Sawney Bean yn byw yn yr Alban ar droad y ganrif. Roedd ganddo dast anarferol...'

''Dych chi ddim yn disgwyl i fi weithio yn y bwyty 'ma?!'

'Gweithio?' gwenodd Algernon. 'O, na. Ond dw i yn disgwyl i ti ymddangos ynddo. A dweud y gwir, dw i'n bwriadu dy gyflwyno di yn y cinio heno...'

Prysurodd y freuddwyd yn ei blaen, ac yn sydyn roedden nhw yn Llundain, ar eu ffordd ar hyd

King's Road, Chelsea. A dyna lle'r oedd y tŷ bwyta! Gwelodd Harriet adeilad bach, gwyn gyda'r enw mewn llythrennau cochion uwchben y drws. Doedd dim ffenest a doedd dim bwydlen yn y golwg. Mewn gwirionedd, pe na bai Algernon wedi dangos y lle iddi, fyddai hi ddim wedi sylwi arno o gwbl. Trodd y fan i mewn i lôn gul y tu ôl i'r adeilad.

'Dyma lle 'dych chi'n byw?' gofynnodd Harriet. 'Ai dyma lle dw i'n mynd i fyw hefyd?'

'Am y 'chydig oriau nesa,' atebodd Algernon. Arhosodd y fan ar ddiwedd y lôn gul, mewn rhyw glôs sgwâr gyda waliau uchel ar bob ochr. Gwelai Harriet res o finiau sbwriel a drws haearn solet gyda sawl clo arno. 'Dyma ni,' dywedodd Algernon.

Daeth Harriet allan o'r fan ac ar yr un pryd, agorodd y drws haearn, a daeth dyn byr, tew allan wedi'i wisgo mewn gwyn o'i gorun i'w sawdl. Ymddangosai fel petai'n dod o Siapan. Oren gwelw oedd ei groen a'i lygaid ar dro. Gwisgai het cogydd am ei ben. Pan wenai, disgleiriai tri dant aur yn haul y prynhawn.

'Chi wedi dod â hi!' gwenodd. Roedd ganddo acen ddwyreiniol gref.

'Do. Dyma Harriet.' Roedd Algernon unwaith eto wedi'i ddad-blygu'i hun o'r fan.

'Chi'n gwybod faint mae'n ei bwyso?' gofynnodd y cogydd.

'Dw i ddim wedi'i phwyso hi eto.'

Rhedodd y cogydd ei lygaid drosti. Dechreuodd Harriet deimlo'n anesmwyth iawn. Roedd y dyn yn ei harchwilio hi... wel, bron y teimlai fel darn o gig. 'Da iawn,' murmurodd.

'Ifanc, ac wedi'i sbwylio'n lân,' atebodd Algernon. Pwyntiodd at y drws. 'Y ffordd hyn, cariad.'

'Beth am y cesys?'

'Fyddi di ddim eu hangen nhw.'

Erbyn hyn, roedd Harriet yn nerfus. Doedd hi ddim yn siŵr pam, ond roedd y diffyg gwybod yn gwneud pethau'n waeth. Efallai mai'r enw oedd o. Sawney Bean. Erbyn iddi feddwl, roedd hi *yn* adnabod yr enw. Roedd hi wedi'i glywed ar raglen deledu, neu efallai ei ddarllen mewn llyfr. Roedd hi'n bendant wedi'i glywed o'r blaen. Ond yn lle...?

Gadawodd i'r ddau ddyn ei harwain i'r tŷ bwyta, a gwingodd wrth i'r drws haearn gau y tu ôl iddi. Roedd y gegin yn disgleirio, yn wyn i gyd. Poptai mawrion a sosbenni llachar. Roedd y tŷ bwyta ar gau, a thipyn i fynd eto tan amser swper.

Synhwyrai fod Algernon a'r cogydd yn edrych arni'n dawel, a'r ddau â'r un olwg gynhyrfus, lwglyd yn eu llygaid. Sawney Bean! *Lle* yn y byd roedd hi wedi clywed yr enw?

'Mae'n berffaith,' dywedodd y cogydd.

'Cytuno'n llwyr,' ychwanegodd Algernon.

'Tamaid bach yn dew efallai...'

'Dw i ddim yn dew!' atebodd Harriet. 'Beth bynnag, dw i wedi penderfynu mod i isio mynd adre. Dw i ddim yn hoffi fan hyn. Gewch chi fynd â fi'n syth yn ôl.'

Chwarddodd Algernon yn dawel. 'Mae'n rhy hwyr i hynny. Llawer rhy hwyr. Dw i wedi talu arian mawr amdanat ti, cariad. Ac fel dw i wedi'i ddweud, dw i isio ti yma i swper heno.'

'Beth am i ni ddechrau trwy ei mwydo hi mewn gwin gwyn,' dywedodd y cogydd, 'wedyn gyda saws Béarnaise nes 'mlaen heno...'

A dyna pryd y cofiodd Harriet. Sawney Bean. Roedd wedi darllen amdano mewn llyfr o straeon arswyd.

Sawney Bean.

Y canibal.

Agorodd ei cheg i sgrechian, ond ddaeth dim sŵn allan. Wrth gwrs, mae'n amhosib sgrechian ar ganol hunllef. Er cymaint yr ymdrech, dydy'r geg ddim yn ufuddhau. Does dim byd yn dod allan. Dyna beth oedd yn digwydd i Harriet. Gallai deimlo'r sgrech yn cronni y tu mewn iddi. Gallai weld Algernon a'r cogydd yn cau amdani. Roedd y stafell yn troi, a'r sosbenni'n dawnsio o amgylch ei phen. Ond er hynny, roedd y sgrech yn dal i wrthod dod. Yna, cafodd ei thynnu mewn i fath o drobwll, a'r peth olaf a gofiai oedd llaw yn estyn ati i'w dal, fel na fyddai'n cleisio'i hun, na brifo'i chnawd pan fyddai'n disgyn.

Diolch byth, dyna pryd y deffrodd hi.

Hunllef erchyll fu'r cyfan.

Agorodd Harriet ei llygaid yn araf. Dyma eiliad orau ei bywyd hi, yr eiliad y gwyddai nad oedd yr holl bethau hyn *wedi* digwydd. Doedd ei thad ddim wedi mynd yn fethdalwr. Doedd ei rhieni ddim wedi'i gwerthu hi i hen lipryn mewn fan wen. Byddai Ffiffi'n dal yno i'w helpu hi i wisgo a gwneud y brecwast. Byddai'n codi a mynd i'r ysgol, ac mewn ychydig o wythnosau, byddai hi a'i mam yn mynd ar daith i'r Caribî. Roedd hi'n flin y gallai breuddwyd mor hurt fod wedi codi gymaint o arswyd arni. Ar y llaw arall, roedd popeth wedi ymddangos mor fyw.

Cododd law i rwbio'i thalcen.

Neu o leiaf fe geisiodd hi.

Roedd ei dwylo wedi'u clymu y tu ôl iddi. Agorodd Harriet ei llygaid led y pen. Roedd yn gorwedd ar fwrdd marmor mewn cegin sgleiniog. Roedd sosbennaid fawr o ddŵr yn berwi ar y tân. Roedd cogydd Siapaneaidd yn torri nionod efo cyllell loyw fawr.

Agorodd Harriet ei cheg.

Y tro yma, roedd yn gallu sgrechian.

Ydych chi am fentro i ryfeddod byd ofnadwy Anthony Horowitz!?

Mae Gari'n casáu cefn gwlad. Mae'n ddiflas yno. Ond mae Gari o dan fygythiad. Efallai fod cefn gwlad yn ei gasáu e hefyd.

Mae Kevin wrth ei fodd â gêmau cyfrifiadur, ond mae'r un ddiweddaraf yn torri'r holl reolau ac yn poeni dim am neb . . .

Mae Hari wedi cael damwain angheuol ond ai i'r nefoedd . . . neu i uffern y bydd e'n mynd?

Tair stori sinistr gan feistr y straeon arswyd.

www.rily.co.uk

RILY

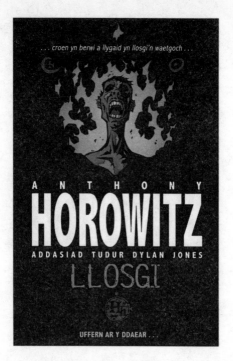

Mae Wncwl Nigel yn benderfynol o gael lliw haul.
Ond mae Tim yn credu bod rhywbeth rhyfedd ar
waith pan mae croen ei ewythr yn dechrau
llosgi a'i ymennydd yn dechrau ffrio.

Ar ôl i Bart brynu clust mwnci hud mewn marchnad
ym Marrakesh, mae e'n canfod bod gwneud
dymuniadau'n rhywbeth peryglus . . .

Mae'n bosib i ddymuniad ddod yn wir . . .

Tair stori sinistr gan feistr y straeon arswyd.

www.rily.co.uk

Noson Calan Gaeaf, ac mae'r teithwyr ar y bws
bron â marw eisiau mynd adref . . .

Wrth i'w dad godi ffawdheglwr ar y ffordd, mae Jacob
yn ei ddarganfod ei hun rhwng byw a marw.
Mae gan rywun gyfrinach farwol.

A phwy yw'r dyn â wyneb melyn yn llun bach Simon
– achos nid Simon sy'n y llun . . . nage?

Tair stori frawychus gan feistr y storïau iasoer.

www.rily.co.uk

RILY

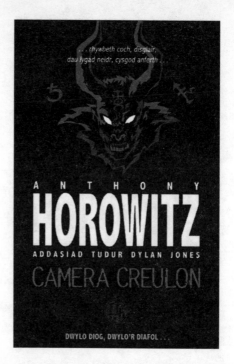

. . . rhywbeth coch, disglair,
dau lygad neidr, cysgod anferth . . .

A N T H O N Y

HOROWITZ

ADDASIAD TUDUR DYLAN JONES

CAMERA CREULON

DWYLO DIOG, DWYLO'R DIAFOL . . .

Mae Matthew wrth ei fodd gyda'r camera a
brynodd yn y sêl cist car, nes iddo ddechrau
sylweddoli fod popeth y mae'n tynnu
ei lun yn torri . . . neu'n marw.

Mae Henri'n darganfod yn fuan fod gan ei
gyfrifiadur ei feddwl ei hun, ac nid yw'r peiriant
yn ofni hapchwarae – gyda bywydau pobl!

Dwy stori arswyd gan feistr y storïau iasoer.

www.rily.co.uk

RILY

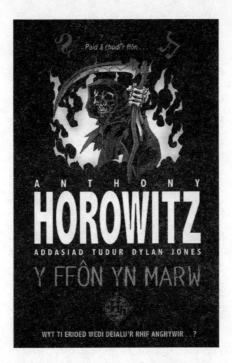

Mae ffôn symudol David o hyd yn canu, ond
nid galwadau arferol ydyn nhw.
Mae'n ymddangos fod ganddo linell
uniongyrchol i'r nefodd . . . neu uffern.

Mae gan Isabel deimlad cas fod baddon
Fictorianaidd ei rhieni yn aros amdani.
Bydd y dŵr yn goch, ond nid gan sebon.

Dwy stori dywyll gan feistr y storïau iasoer.

www.rily.co.uk

RILY

Hefyd gan Rily . . .

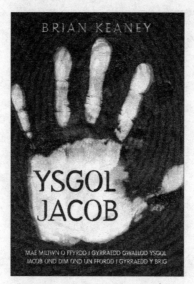

Addasiad gan Elin Meek

£5.99

'DOEDD DIM YN EI FEDDWL, DIM YW DIM,
FEL PETAI WEDI AGOR CWPWRDD EI GOF
A'I GAEL YN HOLLOL WAG.'

Mae bachgen yn deffro ynghanol cae. All e ddim cofio sut
cyrhaeddodd e yno neu hyd yn oed pwy yw e go iawn.
Y cyfan mae e'n ei wybod i sicrwydd yw ei enw, Jacob.

Dyma stori am daith drwy ofn tuag at obaith, dewis rhwng
gorffennol na elli di ei gofio a dyfodol na elli di ei ragweld.

WYT TI'N DDIGON DEWR I FYND AR Y DAITH HONNO
A GWNEUD DY DDEWIS?

www.rily.co.uk

RILY

Hefyd gan Rily . . .

Golygwyd gan John McLay
Addasiad gan Bethan Mair ac Eiry Miles

£4.99

"Tair ar ddeg oedd yr oedran delfrydol! Byddai pethau'n digwydd ar ôl i mi gael fy mhen-blwydd yn dair ar ddeg."

Dyma dair stori ar ddeg am yr antur a'r anhawster, yr her a'r hwyl, o fod yn dair ar ddeg oed. Trwy gyfrwng straeon craff a diddorol, mae tri ar ddeg o awduron arbennig yn treiddio'n ddwfn i'r teimlad unigryw hwnnw o gyrraedd eich arddegau.

"Gwnewch y gyfrol hon yn llyfr darllen dosbarth ym Mlwyddyn 8 a rhowch rywbeth i'r plant sy'n siarad yn uniongyrchol â nhw."

Books for Keeps

www.rily.co.uk

RILY